쓰다,

잠든 밤

쓰다, 잠든 밤

발행일	2019년 4월 24일		
지은이	신건혁		
펴낸이	손형국		
펴낸곳	(주)북랩		
편집인	선일영	편집	오경진, 강대건, 최예은, 최승헌, 김경무
디자인	이현수, 김민하, 한수희, 김윤주, 허지혜	제작	박기성, 황동현, 구성우, 장홍석
마케팅	김회란, 박진관, 조하라		
출판등록	2004. 12. 1(제2012-000051호)		
주소	서울시 금천구 가산디지털 1로 168, 우림라이온스밸리 B동 B113, 114호		
홈페이지	www.book.co.kr		
전화번호	(02)2026-5777	팩스	(02)2026-5747

ISBN   979-11-6299-668-3 03810 (종이책)   979-11-6299-669-0 05810 (전자책)

이 도서의 국립중앙도서관 출판예정도서목록(CIP)은 서지정보유통지원시스템 홈페이지(http://seoji.nl.go.kr)와
국가자료공동목록시스템(http://www.nl.go.kr/kolisnet)에서 이용하실 수 있습니다.
(CIP제어번호: CIP2019014912)

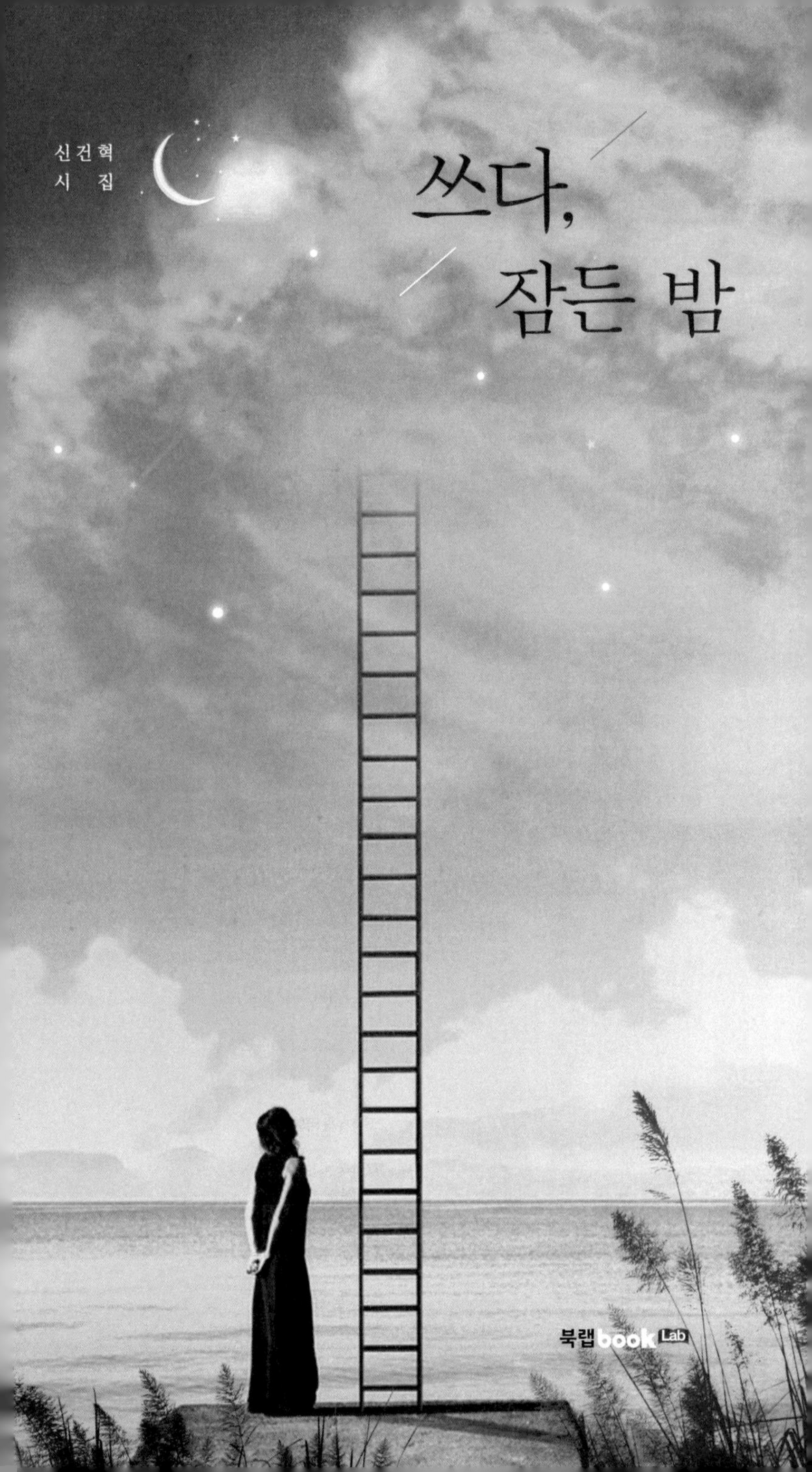
신건혁
시 집
쓰다,
잠든 밤
북랩 book Lab

말머리

저의 어린 시절의 일입니다.

이제는 기억도 희미한 일이지만, 책장을 뒤지다 시집 한 권을 발견했습니다.

표지 안에는 아버지가 연애 시절에 어머니에게 보내는 몇 글자의 글이 적혀 있었습니다.

그때 전 처음으로 시집을 접했습니다.

부모님이 연애 시절에 남겨 주신 사랑으로 배운 '시'는 그렇게 아끼고 사랑하는 사람에게 주는 선물이라고 저에게 각인되었습니다.

많고 많은 글 중에서 구태여 시를 선택한 까닭은 글을 쓸 때마다 그 감정에 온 힘을 쏟아야 하는 것에 매력을 느꼈기 때문입니다.

그렇기에 저는 단어 하나하나를 심사숙고하여 선정하고, 그렇게 쓰인 아련한 문장들과 처절하고도 애절한 감정들로 말미암아 쓰고도 밤을 지새울 하나의 반짝이는 별 같은 시를 사랑합니다.

흐르다, 잠든 밤

쓰다, 잠든 밤

여실

글은 품은 자의 것이고
사람은 여실히 사랑하는 사람의 것입니다.

'여실'이란 있는 그대로를
사랑하는 것을 이야기합니다.

다음 사랑은

사랑아!
늦게 오거라.

여전히 내 서툰 젊음은
저들을 지치게 했다.

머무른 자리엔
온통 애잖은 고통과 아픔.

그것들을
다 녹일 때까지

내 방문 굳게 잠가놔
가득 껴안을 테니

다음 사랑아!
부디 내게 오는 길이라면

조금 천천히
늦게 오거라.

그리워하다,
잠든 밤

방황

털썩

무기력해진
나의 모습을 따라

주저앉아 버린
나의 사랑을

지켜선 채로
숨죽이며
바라만 보다

절뚝거리며 갔을
그대가 영영 그립다.

행여
주저앉음이

이별이 될 수 있었음을
몰랐던 나를 용서하세요.

두 번째 만남

첫사랑을
다시 만난다면

나,
많은 소리 하지 않으리.

안기만을
조용히 꼭 껴안기만을.

잃은 뒤에,

사랑을 고했던
입술이 아닌,

심장을 찢겼으니.

첫사랑

저 자리에 앉아보기 위해
하늘은 수없이 보낼 것이다.

하얗고 투명한 마음이어야만
앉을 수 있다며

한 꼬집이 채 안 되는
한 송이의 눈을
세상 뒤덮을 만큼 보냈다.

그리하여
한 송이의 눈꽃이

너의 자리에 앉자
놀란 듯이 녹았다.

나는 이런
첫사랑이 서글펐다.

메아리

붉게 웃어주던 동백꽃도
노랗게 인사하던 산수유도
꽃말까지 모두 져버리고

내가 서 있는
산 중턱에는 아무것도 피지 않는다.

앙상한 나뭇가지 위에
간신히 버티고 있는 싸락눈도

한참을 지저귀다
자취를 감춰버린 어린 새도

아무런 이유가 되지 않는다.

떠나기 전,
그대의 통보가

이곳 언저리에서
메아리로 가득 맴돌고 있을 뿐이다.

🌸 동백꽃의 꽃말은 "그대를 누구보다도 사랑합니다."입니다.
🌸 산수유의 꽃말은 '영원불변'입니다.

탈

혹,
별을 보고 떠오르는
사람이 있다면

나는 늘 어김없이
사랑을 하고 있었고

별을 찾는 날은
여전히 누군가를
그리워하는 날이었다.

모두에게
똑같은 별이지만

그 의미가 다른 건,

사랑은 별의 탈을 쓰고
나는 긴 밤의 탈을 쓰고 있기 때문이다.

약속

손가락에 건
맹세는

영원의 것이 아니었다.

얇은 약지로
맺어진 인연만큼
그 굵기를 잊고

넓은 엄지로
서로 기대는 만큼
그 무게를 잊은 것.

약속은
그것을 잊지 않고
지키는 자의 것이었다.

전단지

낮에는 달을, 밤에는 해를
찾아보다가

꾸역꾸역 못난 글씨로
하늘과 노을, 낮과 밤에
수시로 적어 보냈다.

"네가 있어야 할 자리에, 네가 없다."

그대는 어쩌다 한 번씩
하늘을 바라보기는 하나

빼곡히 적어
하늘 위에 붙여놓은
수많은 전단지들을

아마
모르겠지.

우리가 뒤틀린
그날부터.

공전

너는 달이니
나를 돌고

너는 태양이니
나는 돌고

꽃

자주색 원피스를 입고
나풀거리는 그대에게
자목련 꽃 같다 하였고

날씨가 무척이나 덥다며
청치마를 입고 온 그대에게
꽃고비 꽃 같다 하였다.

낙엽 지는 것이 예쁘다며
하얀 남방을 입고 웃는 그대에게
흰꽃향유 같다 하였고

빨간 목도리를 동여매고
눈 속에서 기다린 그대에게
시클라멘 꽃 같다 하였다.

사계절 꽃 같지 않던 그대,
단 하루도 없었다.

🌼 자목련은 개화 시기가 4~5월이며 꽃말은 '숭고한 사랑'입니다.

🌼 꽃고비는 개화 시기가 7~8월이며 꽃말은 '기다림'입니다.

🌼 흰꽃향유는 개화 시기가 9~10월이며 꽃말은 '가을의 향기'입니다.

🌼 시클라멘은 개화 시기가 11~3월이며 꽃말은 '수줍은 사랑'입니다.

이별

꽃비가 떨어지면
우산이라도 펼 텐데,

준비 없는 이별엔
홀딱 젖어요.

🌸 '꽃비'는 비가 꽃잎처럼 가볍게 흩뿌리듯이 내리는 것을 비유적으로 이르는 말입니다.

그림자

누구의 조각일까
밤하늘 달 도장은

순수한 인장공의 도장에서
그림자 홀로 드리우는
저 달빛이 나는 영 섭섭하다.

네 그림자를 밟을 때를
그리워하게 될 줄이야.

네 그림자를 밟던 때를
서러워하게 될 줄이야.

한철 꽃잎과 너는 떨어진대도
내 생에 밟아본 그림자여라.

봄철, 아쉬운 대로
만개한 벚나무 꽃잎이라도
살포시 안아줘야지.

우연

우연한 인연은
없다 해도

사랑에 드는 건
우연이겠지.

우연이 아니기에
언젠가는 만날 인연.

서로를 바라보며
건넨 따뜻한 인사.

그대가 바람이 되어
나의 마음을 스쳐 지나갈 때

우연히
꽃씨 하나가 툭 떨어졌지.

우리가
우연히 만날 인연은
아니었다 해도

사랑에 드는 건
우연이겠지.

바다

너의 생각이 물밀 듯이 밀려와도
기억은 희미하게 부서지는데

그 사랑이 끝에 다다른
파도의 거품이라 그러할까.

어떠한 다짐 속에도
쉴 새 없이 집어삼키는

너의 기억을
나는 도저히 멈출 수가 없다.

너는 없어도
파도는 그다음 파도를,

네가 없대도
너는 그다음 너를,

사랑했단 이유만으로
나는 바다가 되었다.

공간

이별 후에

그댄,
어디서
살고 있나?

내
꿈속에
사네.

우산

비가 온다는 소식에
너에게 우산을 제일 먼저
챙겼냐고 안부를 묻는 것

나의 사랑은 그러한 것이다.

지난 저녁
일기예보에서

만원 버스에 부둥켜
어깨너머로 보게 된 핸드폰 속 기사에서

지하철 도어에 기대어
대화하는 학생들에게서

오늘 오후에 비가 온다는 소식에
일기예보를 찾아 가장 먼저 너에게 전하는 일

나의 사랑이 그러한 것이다.

설령 비가 내리지 않는다고 해도
우산만 받고 휙 돌아선다 해도
우산을 단 한 번도 핀 적이 없다 해도

나는 너에게
우산이 되는 그런 일 말이다.

기도

석연치 않게 들려온
남자와 헤어졌다는 네 소식에

며칠 전 기도한 것이
아주 헛되지는 않았나 보다.

그놈도 너를 행복하게
해주지는 못했던 모양이다.

잠깐만 슬퍼해라.

너의 꽃을 피워 줄
봄처럼 따뜻한 사내놈

만날 수 있기를
내 기도할 테니

나를 영영 떠난 뒤에
다른 남자를 만났다 해도

나는 너의 행복을 바란다.

이왕이면 잘 살아라
지나간 사랑들과 인연들은

자라나는 손톱처럼 부질없음을

너는 잠깐 동안은 웅크려 앉아
아픔 없이 모두 잘라내라.

배반

네 얼굴이 흐릿하다.
눈도 결국 하늘에 쓰이는 것이라
그 기억들이 차츰 녹아드는 까닭일까.
명백한 눈의 배반이다.

나의 지난 사랑을 증명할 것이라곤
이제 남은 너의 이름 세 글자.

그것은 지난 세월
심장을 도려내 새겨진
음각선이라 그러한 것일까.

너를 행복하게 만들어주겠다던
나의 입술과
너의 이목구비 꾹꾹 눌러 담던
나의 두 눈이

설마, 나도 몰래
조금씩 버려질 줄이야.
사랑은 믿을 것 하나 없는
배반의 연속.

치울 수 없어 집 바깥에 놔두었던
내 지난 사랑들의 짐들이
하나, 둘씩 빗물 속에
조금씩 기억들과 녹이 슨다.

빛이 나는 그대

그대, 빛이 나는 그대여.

그대는 자신을 밝히러
컴컴한 어둠 속으로 들어가지 마라.

그대는 밝은 것을 쫓아라.
이를테면
아침 햇살, 신호등, 후광

코드를 꽂으면 영원히
빛날 전등 같은 거 말이다.

애써, 질끔 감은 어둠 속에
촛불이 되지 말아라.

지난밤의 잿빛이 아닌,
오늘의 햇살에 그 빛을
더하는 찬란함이 되어라.

어둠은 고요함 속에
별과 달에게 맡겨두고

그대는 아침을 따라
두 뺨을 비비는 빛이 되어라.

자리

그 사람이 앉은 의자를
나는 정리한 적 없기에
그 자리를 가만히 두었습니다.

그대는
방금 화장실을 갔다 온 듯이
금방 전화를 받으러 갔다 온 듯이

아무렇지 않게 다시 앉아
가지런히 무릎에 두 손을 포개어

도라지 꽃말처럼
나를 영원히 사랑할 눈빛으로
다시 만나는 사월의 봄꽃으로

그를 위한
그 자리는 영영 두겠습니다.

커피가 식어 잔 속에
차갑게 눌어붙어버릴 시간도

의자 방석에 먼지가 쌓여
뿌옇게 변해버릴 시간도

나는 그 자리를
정리한 바 없기에

그대는 잠시 그 자리를 비운 것이라
어리석게라도 믿고 있겠습니다.

🌸 도라지의 꽃말은 '영원한 사랑'입니다.

재회

언젠가 다시 만난다면
참으로 억울할 것 같습니다.

산 채로 묻어야 했던 그 사람을
뜬 눈으로 예고 없이 바라본다는 건,

어떤 심정으로
누구를 탓해야 한답니까.

간혹
밤마다 무너지는 날이 있어
하늘도 나의 처량한 모습에
마음이 아파 우연을 가장했더라도

만남 후에 이별처럼
이별 후에 만남은

준비되지 않아
산 채로 겪을 고통

그간의 마음을 하늘에 적었더라도
우연히 그대를 눈앞에 마주한다면

나는 갈대처럼 아무리 고갤 저어도
전할 말 없습니다.

인연

그대가 보이지 않아도
그대는 누군가를 담고 있다.

그대는 늘 그렇듯

항상 충분한 물을 마시며
활짝 웃고, 햇살에 찡그리기도,
가끔은 바람을 맞으며 쓸쓸하기도 하다 보면

그런 흙의 마음을 이해할 것이다.

그대가 모르는 어딘가에
하늘은 씨앗을 숨겨놓았으니,

좋은 것을 가슴속에 새길 때마다
그대의 가슴이 들썩이는
인연의 씨앗이 자리 잡고 있음을 느낄 것이다.

그대여,
그럼에도 마음을
한 치 앞도 모르겠다면

우리
그 사랑이 꽃피울 때부터를
봄이라고 할까.

달빛

떠나보내라는 말에
무심히 강가에 홀로 서

순리에 제 몸을 맡긴
물줄기를 숨죽여 바라보았습니다.

한동안 아무도 모르게
조용히 눈물 훔친 건

아무리 흘려보내도
그 자리를 떠나지 않고

흔들거리기만 하는 달빛이
제 마음과 닮았기 때문입니다.

열매

우리의 사랑은
나무에 달린
열매 같아서

시간이 갈수록
깊어질 거야.

그리고

그 시간이 닳아
땅 위로 떨어졌을 땐

그땐
꽃이 되자.

닿을 거리

꽃잎아,

내가 너를 손꼽아
기다렸음을 모를 거다.

시린 겨울 널 닮은 눈꽃은
참으로 아팠다.

닿을 때마다
녹아 부서지는 사랑으로
이 겨울의 밤은
왜 이토록 투명했나.

나는 다만,
너에게 닿을 수만 있다면
이 고통을 너는
알 필요 없다.

하염없이 기다린
어느 봄날,

네가 나를 만난 것이
우연이래도

너는 나에게
기적이란다.

짝사랑

그 알량한 거리에
당신의 꽃가루는
분명 나에게도 묻었을 거다.

그 알레르기로 나는
며칠 밤을 앓고 있거든.

그깟 당신의 꽃가루
그 양이 얼마나 되길래

살포시 앉은 봄의 무게로
나는 무너졌을까.

한편에서는

나의 속절없는 마음속
봄꽃을 따라 피우는

그 잎들을
두 손에 꽉 쥐고 서는

"짝사랑도 봄이 될 수 있냐고."

누구에게 다가가
물어야 하나.

첫 이별

이별했습니다.

복받쳐 오르는 감정에
걸어야만 했습니다.

설움을 토해내는
나의 모습에

나조차 놀라
조용히 걸어야만 했습니다.

흐느껴 우는 모습이
진정이 안 돼

어디론가
걸어야만 했습니다.

지금 그대에게
나의 모습 숨길 순 있지만

지금 나는
눈물을 피할 길 없기에

그대로 주저앉아
목 놓아 울었습니다.

당신을 위해

나 추운 겨울날
눈꽃으로 지려 하오.
봄의 새싹을 위해

나 어둔 밤
불꽃으로 지려 하오.
새벽녘 먼동을 위해

나 잠깐 떠돈
벚꽃으로 지려 하오.
새살 돋을 잎을 위해

나 메말라버릴
눈물로 지려 하오.
그대 꽃 웃음을 위해

휴지 같은 사랑

네 눈물과
닦은 후에 버려질
그 양을

내 미리
알았더라면,

손가락
뼈 마디마디로
찬찬히 닦아줬을 텐데.

휴지 한 장
다 쓰지 못할

그 여백만큼
내 사랑 아끼지 못했다.

이별

이별 직후
거나하게 취한 친구 놈을
동네에 데려다준 뒤,

좁은 골목길을 지나
코너를 꺾은 바로 네 집 앞

헤어지기 며칠 전
새로 뽑은 차를 자랑하며

시승을 시켜주겠다던
너의 정갈하게 주차된 차를 보고서는

"우리 아가 다 컸네."

나도 모르게
튀어나온 이유는
오래된 습관

그래,
단단한 얼음이 만들어지는 건
오랜 시간이 걸리지만

깨지는 건
한순간이어서 그렇지.

신호등

당신에게
놓인 길을 따라
무작정 달렸지.

그간의 풍경을
무시한 채.

가끔,
정지 신호에선
초조하고 불안한 마음
숨길 데가 없었지.

그런데 내가 정말
멈춰버린 건

너의 길 앞 덩그러니
켜져 있는 좌회전 불빛이었어.

빨대

가장 깊이
들어와

여기저기
뒤집어 놓고는

두세 번의
입맞춤으로

나의 절반을
가져간 사람.

끝끝내
빈 잔 한가운데

덩그러니
놓일 사랑.

때

때 묻은 사물
깨끗이 씻으려면
물로 때를 불려야지.

때 묻은 사람
깨끗이 잊으려면
눈물로 때를 불려야지.

골목길

어둑한
옛 골목길에

열 걸음을 간
하나의 가로등엔

헤어짐이 아쉬워
부둥켜안던 날이 있었고

또, 열 걸음을 간
하나의 가로등엔

서로의 모습이 사라질 때까지
팔을 흔들던 날이 있었다.

그렇게
가로등 불빛이

끝나가는 길목엔

긴 밤이 있었다.

별의 거리

손가락 하나 들어

그대,
가리킬 곳 몰라

별 하나 찍었다.

저기…
저만큼일까?

우리가 멀어진
거리가.

립스틱

그대 나에게
입술 색을 물어보셨죠.

어떤 것이 어울리냐는 질문에
모든 것이 잘 어울린다고 대답했습니다.

그대가 나에게 관심 없냐는 뾰로통한 질문에
먹어도 맛있는 립스틱으로 사라고 말했습니다.

도장

잉크 가득
묻혀 찍어보니

그대가 번진다.

이번에는
잉크를 닦아서 찍어보니

그대가 희미했다.

몇 번을 어설프게
시도하다가

그대는 웃으며
괜찮다고 말했다.

당신이 내 것이라고,
보이지 않아도

서로가 안다고,
그대가 말했다.

귀이개

그이 무릎에 누워
지그시 눈 감으면

고단했던 상처들과
딱지들을 시원하게 긁어주네.

당신의
"이제 없다."라는 그 말에

내 지친
어깨를 두드리며

그 모질었던
슬픔까지 한 번에 털어내면

난 당신의
그 따뜻한 무릎에 기대어

한동안은
가만히 누워 있고 싶었네.

편지

1년 전
느린 우체통 앞에서
보낸 손 편지가
도착했네요.

서투른 글씨로
우리 사랑은 변함이
없다는데.

까만 글씨에 적힌
우리 둘만 변했습니다.

이제 받을 편지도 없으니
마음 보낼 편지는

떠날 채비하는
철새에게 부치겠습니다.

내년 이 계절,
하늘에서 편지로 만납시다.

풍선

나는
한없이 작아지니

그대 입 뗀 숨 멎어가는 줄
알겠습니다.

한때는 부풀려진 모습에
하늘까지 닿는 줄 알았으나

이젠 어린 날의
장난인 줄 알겠습니다.

가득 찼던 풍선이
텅 비고 나서야

진짜 터질 것 같은
아픔은

그대 숨결 잊힌 뒤에야
알았습니다.

달고나

너의 모양을 따라
나는 날카로운 칼을
들이밀었다.

너의 완성된 조각품을
드는 순간

뒤편에서야
비치는
너의 진짜 모습.

"아… 아…."

누군가는
사랑이 참 달다고 했다.

사랑할 때
맛본 적 없는 조각의 파편들.

충치

아픔을
방치할 때,

일어날 힘없이
잠시 누운 그 자리에

바짝, 굳어져 버린 것.

언젠가는 썩어버릴
아픔인 걸 알면서도

쉽게 대면하지 못하는 건

내 사랑
아직은 보낼 용기가 없어서

내 어금니
그 자리에 머물러두네.

테이프

한 번 붙인 테이프를
떼어 낸다는 건

얼마만큼의 아픔일까.

한 번밖에 붙이지 못할
사랑은 이별이 되어

붙여진 테이프를 반쯤 떼어냈을 때,
살갗까지 찢어지는 건

꼭 내 아픔이라.

그대여!
아무 고통 없이
모두 떼어내셨나요.

나는 이 아픔
이루 말하지 못해
잠시 그대로 두었습니다.

지우개

지우개로 지우면
가루가 남는다지.

그대가 정말 사무치도록
보고 싶은 어느 날,

책상 앞에
그대 썼던 글씨를 지워내

그대가 묻어 나온
가루를 한데 모아

그대 형상 만들어봐야지.

이사

그대,
이사했다는
소식은 들었습니다.

앞으로 다시는
마주칠 일은 없겠군요.

잠들 때마다 켜놓는
전구를 아직 다 못 달았다면

잠든 사이
여기 별들을 좀 두고 갈까요?

이젠 우연한 만남은 없다길래,

그대여,
행여 그 동네 보름달이
찡그릴 때

은하수가 떨어져도
놀라지 마세요.

내 슬픔 아직도 감출 데를 못 찾아
그 속에 잠시 숨겨두었습니다.

도자기

언제,
내가 너를 만든다면

세상 아주
예쁜 꽃 피운 흙으로
가득 담아 빚을 게다.

물레로 너를 돌리다
내 지문 하나 남기지 않을 테고

네 아름다운 태로 굳기를
밤낮으로 불어

내 입가에 침 하나 없이
입술이 말라붙을 게다.

마른 장작 가득 넣은
온도 높은 열 가마에

너를 꼭 품고
들어가다

영영 그대로
굳을 게다.

지린내

여자 친구
강아지가

내 이불에 쉬 하자
얼른 이불을 걷어챘다.

거실에 남은 요 가지러
네가 가냐, 내가 가냐

서로를 간질이다
그냥 껴안고 잠들었다.

그 강아지
썩 품속이
좋아 보였던지

깊이 파고들어 와
그렇게 잠들었다.

찰나

눈동자 그 속에
영혼이 있다.

서로의 눈이
마주치고

그 작은 떨림을
마주하는 찰나

눈동자 그 안에
영혼이 있다는 걸

나는 굳게
믿고 있다.

중력

물은
위에서 아래로
떨어진다지.

그런데,
만약

하늘이
한 번이라도
뒤집혀

내 모든 마음
너에게로 쏟아진다면

너는,

아마
감당치 못할 게다.

거리

감정적으로
한 발짝 다가섰다면,

이제는 조심히
한 발짝 물러선다.

사랑이란,

다가섰을 때
움츠린 네가 아니라

한 발짝 물러섰을 때
자유로운 네 모습이 아닐까.

교감

내가
혹, 별과 교감할
일이 생긴다면

그건 마치

너를 꼭
껴안았을 때

느껴지는
심장박동일 게다.

별들의 소원

별들아!
이 여인의 눈을 보아라.

고귀한 눈빛의 반짝임을.

그대들도
두 손 모아
소원하리라.

증명

그대가 쉬이 흔들린다면,
나는 꽃이 되리라.

풍파와 고난을 견뎌내어
한 송이 꽃으로 피어났을 때

그대는 바람이었다는 걸
나는 말 없이 증명하리라.

선물

나의 가난으로
사랑을 적는다.

마음을 정갈하게 정리하고는
나는 그댈 심연 속으로 불러들여

을씨년스러운 바람에
보여줄 것이라곤
한 줄의 영감.

고단히도 가난한 나는
그댈 종이 위에 적는다.

갈대

고개가 흔들리는 건
바람 때문이었나요?

얼굴이 붉게 물든 건
노을 때문인가요?

내가 사랑을
잘 모르기에

그대와 마주 서
바라본 갈대숲처럼

나중엔 그대도
이렇게 흔들릴까요.

가을 녘 노을 따라
도망가 버릴까요.

사랑도, 갈대도
가을 한 철이라기에.

투과

하늘이 맑고 깨끗한 날은
밝은 햇살에 눈이 부십니다.

티 없이 맑고 깨끗한 물속을
따사로운 햇살은 그대로 투과합니다.

하루 온종일
그대 생각에 잠긴

내 마음도 이러할까요.

진흙

지난밤
진흙에 남겼던
사랑들이

눈 나린 새벽
새하얗게
덮이는구나.

나!
후회는 없걸랑
이른 봄 오거든

피는 꽃마다
가시 없어라.

투정

"행복하지 마세요."

입 뗀 설움에 다 전하지 못한 말은
"그댈 못 잊는다."라는 투정 어린 슬픔.

그 한마디 힘겹게 내뱉은 후,

꾹 다문 입술로
이내 음성 없이 전할 말은

내 행복 앗아가신
당신의 행복만을 바랄 마음.

길

수십 킬로
떨어져 있어도

한달음에
달려갔던 길.

아…
그 길….

이젠 눈 감아도
다 알 것만 같은데.

눈

추적추적 내리는 비를 싫어하시나요?
또 겨울에 내리는 눈은 좋아하신다길래.

비가 차갑게 얼어버린 게 눈이래요.

제 사랑도 가끔은
차갑게 얼려서 보내드릴까요?

창밖을 가리키며
첫눈 온다고 좋아하던 당신에게.

오는 길

함박눈 많이 내리는 날

어디에 잎을 띄워야
이 눈 천천히 올까요.

그대,
날 보러 오는 길에.

꿈속

그대 꿈에는
내가 나오면
반가울까.

내 꿈속
그대 얼굴에
놀라 잠을 깬다.

현실 속
덮고, 묻은
잔인한 언저리에

가슴은 더듬거려도
머리는 잊으라 하는데,

그 두 갈래 길
비탈 위에

그 별은 여전히
어둡게 빛나고 있다.

불꽃

사랑에 속았다니요.
불꽃에 그림자 지지만
불꽃은 그림자 없습니다.

이별에 눈물 없다니요.
불 피우지 않았다면
촛농 또한 녹지 않았습니다.

내 일생을 태울 사랑은 정해져 있으나
그것은 꼭 올바른 사랑이어야 합니다.

소나무

아련히 아름답고도
여전히 미소 짓는
내내 어여쁠 그대여.

그대가 내 안에 짧은 찰나
피고 지는 꽃인 줄 알겠습니다.

그러나
그대는 소나무처럼
사시사철 푸르소서.

그대가 가진 가시가
사실 잎이었다는 걸

찔려본
내가 더 잘 알기에.

입김

멀리 오는
그대 모습

눈 오는
하늘은 고요한데

따뜻한 언어로
내뿜는 입김은

저 멀리
들리진 않아도

저만치
보이는 듯하였습니다.

가을 온도

가을 마주하고
얼마 못 가
사랑이 떨어졌습니다.

우리가 사랑한 계절이
가을인 줄은 알았으나,

그대가
낙엽인 줄은 몰랐습니다.

가을 온도가

내 사랑까지
물들였나 봅니다.

울지 마라

겨울에
함부로 울지 마라.

네 눈물로 눈이 내리면
세상 사람들이 다 안다.

겨울에
함부로 울지 마라.

네 눈물로 눈이 내리면
세상이 온통 미끄럽다.

겨울에
함부로 울지 마라.

네 눈물로 눈이 내리면
세상을 온통 뒤덮는다.

날씨

사랑은

차가운 추위
또, 뜨거운 더위

가끔은 왔다가는 한 철

그래서인지,
바뀌는 절기마다
빼곡히 숨어있는 아픔들

일 년 사계절은
사랑하기 좋은 제철의 날씨

흐르다,
잠든 밤

처음과 끝

한 해의
마지막과 처음이

겨울인 이유는

깨끗한 눈 위로
덮어질 마음들과

뽀얗게
다시 쓰일 까닭이라.

미소

꽃은 피어야 예쁘고
입은 웃어야 예쁩니다.

꽃이 피는 계절은 있지만
웃음은 계절이 없습니다.

꽃이 핀다고 웃지는 않겠지만,
그대 활짝 핀 웃음에

제 피어나는 꽃은
숨길 수 없나 봅니다.

눈꽃, 벚꽃

겨울은 눈꽃
봄은 벚꽃

하나는 하늘의 꽃
또 다른 하나는 땅의 꽃

그래서 따뜻하면 녹아버리고
차가우면 영글지 못하나

나는 저 둘이 하나임을 안다.

계절이 달라도
바람을 만나면
흩날리는 저 모습은

한 번은 하늘에서
한 번은 땅에서

그렇게 두 번을
남모르게 피다 진다.

늦겨울

가슴에는
그대 이름
차마 적지 못하고

입김 서린 창가에
세상 가장 작은
약지 끝으로

사랑을 써봤습니다.

차갑게 부는 바람에
금방이라도 지워질 듯합니다.

사월은
이제 곧 온다는데.

내 마음속
봄이 오기에는
아직 먼 듯합니다.

감기

목이 간질거림에
쉴 새 없이
기침이 나오는데

사랑도 간질거리는
이 마음을 숨길 수 없이
모두 내뱉을 수 있다면

나,

늘 하얀 겨울에
둘러싸인

감기이고 싶다.

그늘

그늘막에
눈이 아니 녹나.

그대 비켜야
이른 봄 오는데.

극복

늦겨울에 이른 봄

그대여
나는 이제야

눈이 내려도 꽃을 피운다.

태양

너를
등 돌린 순간

나는 겨울이며
밤이다.

직책

너희의 죄목은

하얀 눈꽃을 다 내리지 못해
사람들의 마음 녹록지 않게 적신 죄.

사람들의 을씨년스러운 업보를
낙엽으로 다 닦아내지 못한 죄.

본래 짧은 시기로 겨를 없는 사람들에게도
영롱한 꽃 다 전하지 못한 죄.

한 점 구름과 바람 없이
사람들을 메마르고 지치게 한 죄.

너희들은 그 계절의
책임을 다하지 못했다.

하여,

지난해 사람들이 받았던
고통과 상처와 비난만큼의 자리를 내주어

그 속에 묻으라.

겨울의 작별 인사

어느덧,
노란 복수초 활짝 핀
그대 집 앞까지 왔습니다.

제 이야기가 길었네요.

저는 이만 돌아섭니다.
그대 어서 들어서세요.

따뜻하게 불러볼
마지막 이름이여.

그대여,
나의 봄이여.

그대를 기다리는 사람들이 많습니다.

제 돌아갈 길도 멀지요.
압니다.

그래도

그대 들어서는

모습은 보고 가겠습니다.

🐝 복수초는 이른 봄에 피는 꽃입니다. 꽃말은 '영원한 행복'입니다.

여름 장마

창가에
한철 쏟아지는 비
저 하늘의 긴 설움을
나는 알 것만 같다.

봄철 사랑도 살다 보면
기약 없이 한순간인데
하루 이틀에 씻길 수 없는
난생 첫 이별

"괜찮다.", "괜찮다."
그 모질게 여린 내가
얼마나 모른 척 삭혔을까.

그동안은
꾸역꾸역 잘 참다가
그럭저럭 잘 참아내다가

고독 나무에 매달려
한사코 울어대는
매미 소리에 그만

와장창 무너져
나도 따라 터져버린 울음

춘삼월

춘삼월 그대가 왔소.

이미 들녘에 걸린 바람꽃에
그대 소식 알았소만.

보고 싶었구려.
아니, 조금 더 찬찬히 오셨을 것을

그대 얼굴
보기가 영 부끄럽소.

내 꽃은 작년 가을에 무너졌소.

일 년 내내 꽃 한 송이
건재하기가 쉽지 않더이다.

작년 동 십일월
눈꽃, 그 속에 파묻혀 엉엉 울었지 뭐요.

보고 싶었구려.
아니, 조금 더 일찍 오셨을 것을

이제 그대가 알려주시오.

나, 피는 법은 알아도
묻는 법은 모르오.

봄바람

언젠가는

그대의 한숨이
지구를 돌아

내 길 앞,

봄바람에
실린

꽃잎 한 송이를
놓아주시겠지.

꽃봉우리

봄이다.

어제 울던
부은 눈에도

꽃봉우리가 피우려나.

분홍 꽃잎
만개한 나무 아래

마음 따라
작아진 눈을
어디 숨길 데가 없나.

부어오른 눈을 보고
혹, 내게 물어오는 이 있다면

서럽게 부는 봄바람에
꽃봉우리 부풀은
까닭이라 전해줄까.

계절 바람

지금
불어오는 바람은

그 계절에
차마 풀지 못한

걱정이 한시름 풀어져
바람 되어 부는 것이다.

하여,

나는
아직 그댈

보낼 계절을
찾지 못해

바람으로
보낸 적 없다.

조화

만물은 조화롭게 살아가야 합니다.
조화의 또 다른 말은 꽃입니다.

낙엽

그대가 좋아하던
가을입니다.

제 기억은
잘 떠나보내셨는지요?

저는 단풍 쌓인
길목에 서서

그대 기억 새기며
떠나보내고 있습니다.

하늘이 높습니다.

온통 그댈 채우기에
좋은 날입니다.

부디 아프지 말고
잘 지내세요.

우수수 떨어진
가을 낙엽 많으니

나는 이 가을
찬찬히 다 쓰고
가겠습니다.

가을 하늘

하늘이 말했습니다.

가을의 단풍이 너무 아름다워
밤하늘 별들도 좋아한다고.

그래서
가을 하늘길을 높게
열어두었다고.

간질

혹, 글을 쓸 때
간질간질 해오는
마음이
고, 마음이

봄이 오는
땅속의
씨앗 같을까.

역경

겨울이 온다고
나무는 잎을 덧대지 않는다.

앙상한 가지로
얄궂은 그 추위를 맞이한다.

나 한때 아픔을
덮으려 했으나,

이제는 하늘 향해
두 팔을 가득 벌린다.

오거라!
시련아! 고통아!

내 피부에 맞닿으면
금세 녹아버릴 눈송이들아.

가을 잎

가을 잎에
마음 쓰셨나요?

올해
그 위에 앉은 눈은
아니 녹길래.

호숫가

가을 낙엽이
호숫가 물결에 떨어지면

곧 겨울이 온다지요.

나무가 보낸 편지엔
가을이 저만치 간다고 적혀져 있을까요.

꽃의 일생

꽃의 잎과 향은
흙 속에 있다.

방향 모를
그 추위 속에

그저
따뜻해져 오는
길을 믿고는

땅을 일으키는
놀라운 힘으로

한 일생
꽃이 핀다.

신호등

우리는 얼마나 많은
신호등을 거쳐 왔을까.

입술

갈라진 입술엔
립밤을 바른다는데,

갈라진 마음엔
도통,
무엇을 바를지.

추억

자동차 헤드라이트
제 앞길만을 밝히는데

주황 가로등
제 발만 비추는 까닭은

그다음 기로에도
서 있기 때문입니다.

제 추억이 아련한 이유는
지금 서 있는 까닭이 아니라,

그 자리에 머물러 있는 까닭입니다.

플라스틱

그 깨진 병은
몫이 다해
땅에 묻힌다지만,

플라스틱 같은
나의 마음은

내 안의
모든 것을 내어주면
땅에 묻힌다.

그대는
썩지 않을 시간을
영영 알지 못한 채.

열병

누군가를 생각하는
마음이 열병처럼 붉어져
어둠 속에서 빛이 난다면

아마
이 세상 사람들
모두가 한 번쯤은
별이었겠지.

길

삶은
멈춰있지 않은데,

어찌,
걷다 보면 벽이 없겠나.

그대와 나,
그 벽을
허물지 말고

걷고 걸어
벽에 끝자락에서
만나자.

저,
강이 그랬듯.

쓰다,
잠든 밤

한계

나에게 피어나는 꽃잎의 개수는
정해져 있습니다.

남을 위한 나의 희생 또한
한계가 있습니다.

자기를 너무 희생하여
꽃잎이 떨어지지 않을 삶을 사세요.

그대의 꽃잎은
행복 속에 피기를 소망합니다.

절반

수년을 만난 이들은
10년의 절반이다.

수개월을 만난 이들은
1년의 절반이다.

몇 시간을 만난 이들은
하루의 절반이다.

그러니
내 인생의 절반을
살던 그대들아.

난 이 생에
그대들의 만남이
이토록 소중하다.

먼저

녹되,
먼저
해가 떠야 하고

피되,
먼저
겨울을 견뎌야 하고

살되,
먼저
그 의미를 찾아야 한다.

깨진 유리병

깨진 유리병은 담을 수 없다며
처참히 버려진 저는

어쩌면 이제야 자기가 소망했던 것을
하나둘씩 담아봅니다.

자연의 기쁨의 소리,
시냇물의 웃음소리,
싱그러운 햇살을 반사시켜 눈을 찡그릴 장난과
긴 밤 달빛을 투과시켜 씨를 품은 흙 속에 들려줄
자장가,

간간이 놀러 오는 꽃잎들과 눈꽃들
그리고 새벽바람 속에 나를 깨우는
누군가의 절실한 그리움도

버려지고 깨지고 볼품없는 내가
나의 품에 들어와 담기는 모든 것들을
인사하며 그저 따뜻하게 안아주렵니다.

흐름

사람의 마음에는
흐름이 있다.

마음을 잘 밀어주는
밀물 같은 사람

마음을 잘 이끌어주는
썰물 같은 사람

밀고 당기기를 잘하는
파도 같은 사람

그러나,

내가 정작
만나야 할 흐름은

자신을
조용한 호숫가처럼

잔잔하게 움직일 줄 아는
사람이었다.

바람

그대는 스치우라.

타오를 운명인지
꺼져버릴 인연일지

그것들은
나의 등불에 맡기고,

그대는
일체 망설이 없이

내 심지를 스치우라.

가로등

집 앞,
가로등 불빛이 꺼져 있다.

어떠한 기억이길래
너는

이 밤
어둠을 선택하였느냐.

별꽃

별이 만든 밤을
어디 피할 길이 있던가.

고독이 밤비에 서려
꽃잎은 서럽다.

말이 없는 별을
보고 배운 까닭에

언덕 아래 한 송이
소리 없이 피어도

지난 밤비를
버텨온 꽃들은

별들의 향기를
지닌다.

포옹

태양이
세상을 모두 밝히지 못하듯

그 뒤편엔
아마 저물어가는 밤이 있겠지.

소생

한 번을 태어나면
집에서 사는 사람이 되고

두 번을 태어나면
나무에서 사는 새가 되고

세 번을 태어나면
꽃에서 사는 나비가 된다.

찻잎

몇 잎만으로
내 입속 가득
향이 맴도는 이유는

따뜻한 물로
우렸기 때문이지요.

잎의 향이
아무리 좋아도

차가운 물로는
그 향을 이루 말할 수 없습니다.

나의 마음이 따뜻해져야만

그대의 향기를
모두 녹여낼 수 있습니다.

문수전(文殊殿)

"티슈 좀 가지고 와라."
스님이 말씀하셨다.

자리에서 일어나 헐레벌떡
티슈를 찾으러 뛰어갈 때

문이 활짝 열려있는
문수전 부처님의 상을 보고
합장하던 중

'내 부모의 말에도
이렇게 즉각 움직이지 않는데,

나의 행동과 생각은
나이든 부모님을
너무 잊고 살고 있구나.'

오늘 문수전 부처님이
부모님을 많이 닮아있었다.

달이 쓰는 밤

누군가
내게

글을 쓸 때

눈이 초롱초롱
빛난다고 말했습니다.

아!
오늘 달이
빛나는 이유는

밤을 쓰고
있기 때문이군요.

누나

"누나.
전생에

내 엄마
맞지?

하늘나라에서

나 올 때까지
기다렸다가

내 누이로
태어난 거
맞지?"

날파리

그대 생각
달아내지 못하고
쫓아 붙는 건

날개를 달아서인가.

밝게 빛나는
불빛에
제 몸 던지는 건

이겨내지 못함인가.

어둠

나,
어둠으로 돌아가리.

한때 반짝이던
별이었으나,

누구의 소원도 되지 않게.

나,
감은 눈으로
돌아가리.

뜬 적 없는 날
잔상의 흔적도 남기지 않게.

모두 잘 있으시오!

당신들의
밤하늘 고요함 속으로

당신들의
반짝이는 어둠의 찰나로

우리 모두는
언젠가
돌아가리다.

호흡

한 호흡에
그대를 만나고

한 호흡에
그대와 이별했다.

한 호흡에
울기도 했고

한 호흡에
서러워도 했다.

호흡 한 번에
잃기도 했으며

호흡 한 번에
아파도 했다.

호흡한다는 건
살아있다는 것이지.

호흡한다는 건
멈춘 적 없다는 것이야.

그 겨울,
살갗을 뚫는 추위에

뜨거운 내 생명
증명하는 건 차가운 입김

그래,
이 처절한 호흡이
멈추면
나는 죽는 거야.

노을

나, 저물어가는 어둠을
사랑하지 못하였는지
그 속에 갇혔네.

별

빛 속에
숨는다고 숨어지나.

밤 되어 쏟아지면
어찌 감당하려고.

어미의 자화상

밥 먹이는 제 자식
한참을 바라본다.

커갈 때야
네 어미를
닮았다고 하지만,

나이가 들수록
제 자식을
더 닮아가는 이유는

그 사람의 삶 속에

나를 담았기
때문이다.

노인

철새 따라
빨라지는 저녁노을

한산한 날씨에
하늘도 일찍 잠이 드는데

방 안에 들어서자
따뜻한 온기가
느껴지는 이유는

깔아놓은 장판.

그 노인은
평생 손자 꿈속을
신경 쓰네.

장독대

비어 있길래
큰 화분인 줄 알았지.

살다 보니
뚜껑 덮이는 날 오더라.

말 못 할 사연
흙 속에 묵히면

언젠가
꽃피우는 날 오겠지.

달

웃으면 초승달이요
뜬 눈은 보름달이네.

달은 밝다 하였는데
눈동자는 검다 하네.

눈 속은 온통 검은 밤이니
바라보는 것 모두가 달인가 하네.

투쟁

잎새에 젖은 방울도
바람에 스치면 떨어지는데

가슴에 스치는 것은
무엇이길래
내 방울 서리게 하는가.

지그시 감으면
어두운 줄 알면서도

부릅뜨는 이유는

내 아직 꺼지지 않는
촛불이라 그러한가.

안개

햇살이 이토록 뚜렷한 이유는
이른 새벽, 안개가 꺼서 그렇지.

그대, 지금 앞이 흐리다면
앞으로의 생이 얼마나 눈부시길래.

물병

화병에 담긴
기다란 꽃도

힘없이
기대어 웁니다.

흙이 아닌
물속에서

곁이 없을
눈물 속에

힘없이
기대어 웁니다.

촛농

혹, 가슴 언저리가 미어져
마음 놓고 울어버리고 싶다면

그것은 당신의 존재가
뜨겁게 불타오르고 있는 증거입니다.

매 순간 굳어버릴 촛농처럼
마음 또한 굳건해지십시오.

불씨

내 안에
고여 있을 당신이

끝에 다다른
마음 벽에 부딪혀

혹여 조그마한 불씨에
소리 없이 타들어 간다면

시커멨던
연기와 함께

내가 했던
잘못들과 후회들이

검은 죄가 되어 흩날리겠지.

죄업

나의
글 한 문장은

나의
죄업이다.

이 글을
느끼기 위해

희생된

모든 것들에 대한
죄업.